CENSURÉ
CENSURÉ
CENSURÉ
CENSURÉ

À Gilberte Goscinny

Le ballon et autres histoires inédites.
Le Petit Nicolas, les personnages, les aventures et les éléments caractéristiques de l'univers du Petit Nicolas sont une création de René Goscinny et Jean-Jacques Sempé.

contact@imaveditions.com
Code ISBN : 978-2-915-73221-4

Le Petit Nicolas®

Le ballon

et autres histoires inédites

René Goscinny Jean-Jacques Sempé

Le Petit Nicolas®

Le ballon

et autres histoires inédites

IMAV éditions
www.petitnicolas.com

Lire les paroles d'une chanson sans en connaître la musique. Assister à un opéra sans costume ni mise en scène. Appréhender une pièce de théâtre, seul face au texte, en étant soi-même le traître et le trahi, l'aimée et l'éconduite.

Prendre connaissance d'un scénario de cinéma en faisant fi de la subjectivité de la caméra.

Voilà un monde bien triste qui, s'il nous était livré dans ces conditions, nous ferait la vie grise.

Imaginez : Fernande, Pénélope ou la femme d'Hector sans la voix de Brassens, sans guitare ni contrebasse. Fernande ne ferait plus d'effet à personne, Pénélope se contenterait de son Ulysse de banlieue, et la femme d'Hector serait sans mélodie, avare de tendresse. La rime resterait riche mais l'on ne retiendrait de ces histoires que… l'histoire.

Une version du *Don Giovanni* de Mozart sans le duel qui oppose Don Juan au Commandeur. Où le pupitre tiendrait lieu d'épée et où la voix de basse, à elle seule, figurerait l'ultime souper. L'œuvre resterait magistrale, mais la musique et le drame désolidarisés l'un de l'autre affaibliraient alors l'effet de chacun et, par ricochet, l'émotion.

À la lumière (trop faible) de sa lampe de chevet, être et la voix de Phèdre et celle d'Aricie. Souffrir pour l'une, détester l'autre. Puis souffrir pour l'autre et détester l'une. Aimer Hippolyte et tour à tour être de lui haïe ou adorée. En un mot, avoir envie de dire à toutes ces voix : « Thésée-vous ! »

Ignorer le regard de Truffaut quand il raconte l'enfant sauvage et n'entendre que les sons émis par le jeune Victor. Sans en déceler le sens qui loin derrière se cache et nous attend.

Imaginez maintenant une histoire du Petit Nicolas vierge d'illustrations.

Restent l'histoire, la partition, le langage et l'apparence d'un monde d'enfant.

L'émotion naît de deux talents conjugués. Le mot de l'un sollicite le trait de l'autre. Mais sans le trait, le mot perd de sa couleur. Comment faire alors pour que le sourire d'un homme mort depuis plus de trente ans rencontre le geste de celui qui lui a survécu ?

Je suis chez Jean-Jacques Sempé. Un atelier à Montparnasse, au dernier étage d'un immeuble trente. Sous la vue, sa table à dessin. Sur sa table à dessin, des vues. Des couleurs forment autant de petits nuages de poupées. Il m'explique : là, j'essuie mes pinceaux.

– Jean-Jacques, il faut que je te parle. C'est compliqué. Enfin je veux dire, pas simple.

– Oui ?

– Voilà, il me reste dix histoires du Petit Nicolas. Mais si l'essentiel est là (les mots), manque l'essentiel (les dessins).

– Oui… Tu veux boire quelque chose ?

J'étouffe une envie de grenadine. Dès qu'il s'agit d'enfances (la mienne ou celle d'un personnage), je ne me contrôle plus !

– Ses mots n'ont pas de sens sans tes dessins. Tu vois, c'est comme…

– Des nuages en noir et blanc ?

– Exactement !

Je pense alors à une partition dont les notes seraient des petits nuages de couleurs.

Une partition écrite pour deux voix, dont l'une s'est tue il y a plus de trente ans. Reste l'autre.

J'ai quitté l'atelier, j'ai pris l'ascenseur, et je suis repartie dans la ville. J'ai imaginé Jean-Jacques me regardant m'éloigner sur ce trottoir du boulevard du Montparnasse. Minuscule personnage auréolé d'un nuage d'aquarelle. Un personnage de Sempé.

Plusieurs mois plus tard, Jean-Jacques me demande de venir le voir. « Je veux te présenter quelqu'un », me dit-il.

Son atelier, par moi fantasmé depuis ma dernière visite, est plus lumineux encore.

Intimidée comme une jeune fille lors d'un premier rendez-vous, je me recoiffe dans l'ascenseur. Un petit garçon m'attendait. Vêtu d'un drôle de pull-over, mélancolique de n'être pas compris par les adultes, il était là. Et bien là. Le Petit Nicolas sous le pinceau de Sempé, trente ans après la mort de mon père (et du sien), reprenait vie, là sous mes yeux. Du terrain vague à la nouvelle épicerie, d'une vitrine où sont enfermés des bibelots à un cirque imaginaire, d'un ballon rouge à une loge de théâtre, Nicolas promène son enfance, cinquante ans après sa naissance.

La tendresse qui émane de ces dessins me fait l'œil brillant (oui Jean-Jacques, je crois que je vais boire quelque chose !) et

Nicolas, agacé ou fatigué, espiègle et bagarreur, sourit de ces histoires qu'il ne connaissait pas.

Fernande refait de l'effet au gardien de phare, Don Giovanni est en costume et le tombeau du Commandeur est terrifiant de vérité, la voix de Phèdre est plus grave que celle d'Aricie et le jeune Victor quant à lui s'exprime magistralement grâce au langage de la caméra de Truffaut. Sempé a arrêté le temps sans pour autant le remonter. Nicolas a le regard peut-être un peu plus sombre. Le regard d'un enfant qui aurait cinquante ans d'histoires derrière lui. On n'efface pas ce qui nous assombrit, on vit avec, et de ses cicatrices on se fait une raison.

Anne Goscinny

Sur la table à dessin, le manuscrit original de René Goscinny de l'histoire « Le concours » écrite dans les années 1960 et l'aquarelle de Sempé qu'il réalise au printemps 2008.

man, et qu'on voit de la salle
c'est une chouette statue en
vue l'hôtel de la Plage, et dans
en parler.
Quand je suis arrivé dans le
déjà, et ils m'attendaient dans
que dans le quartier, nous
on trouve de tout, et surtout
rigole bien, en faisant "vrou
lages, et des tas de choses.
-Eh ben, te presse pas, ça fai
m'a dit Eudes, qui conduisait.
-Je vais avoir une auto, une
-Ton père achète une nouvelle
-Non, j'ai répondu. Ce sera
Et je leur ai expliqué le
et que je m'y connaissais
vais déjà la réponse à la
tu as de
trois
René Goscinny
NICOLAS
Le concours.
Jeudi, après déjeuner, comme j'avais
avant de retrouver les copains au
assis dans le fauteuil, et j'ai pris le
avait laissé avant de partir à son travail.
Comme d'habitude, à part les photos et les
avait rien à lire dans le journal, sauf dans
et là, c'était formidable! Il y avait un
le premier prix c'était une auto! On
et c'était une auto chouette
disaient que tous les
monument, et
vait.

Sommaire

Note de l'éditeur

Ouvrir ce volume du Petit Nicolas par « L'œuf de Pâques » n'est pas innocent.

En effet, nous sommes le 29 mars 1959, et cette nouvelle, inédite en livre, paraît en pleine page de *Sud-Ouest Dimanche*. Elle est singulière car elle est la première. Première d'une longue série d'histoires que beaucoup d'entre vous connaissent et que d'autres découvriront au fil du demi-siècle écoulé. Un demi-siècle ? Déjà ? Cette première histoire, nous vous la livrons telle qu'elle a été publiée il y a cinquante ans : les dessins sont en noir et blanc et les personnages apparaissent, là sous nos yeux, tels que nous les (re)connaissons. Nous croisons ceux qui ne nous quitteront plus. Et rétrospectivement, il est toujours émouvant de croiser les indices d'une première rencontre quand on sait que cette rencontre-là sera décisive. En d'autres termes, « L'œuf de Pâques » constitue l'acte de naissance du Petit Nicolas.

Les autres récits attendaient d'être illustrés. Ils ont été écrits au siècle dernier, dessinés au début de celui-ci, et publiés aujourd'hui pour vous, pour qu'Alceste reprenne une part du gâteau d'anniversaire de son copain, le Petit Nicolas.

L'œuf de Pâques

MOI, J'AIME BIEN PÂQUES ; ce jour-là, on s'amuse bien à la maison.

Papa, lui, il commence la journée en peignant des œufs ; il ne veut pas que je l'aide parce qu'il dit que je suis maladroit et que je dois tenir ça de ma mère. Papa, il commence à peindre les œufs dans la salle à manger, mais toutes les années – enfin, toutes celles dont je me souviens (deux) – papa, il doit finir son travail dans le grenier, parce qu'il casse toujours un ou deux œufs sur la table de la salle à manger (cette année), ou sur le tapis (l'année dernière), ou sur la robe de maman (l'année d'avant, quand j'étais petit) et maman veut aller chez sa maman, et tout le monde pleure.

Quand papa redescend du grenier, il y a toujours moins d'œufs que quand il est monté, mais ils sont très jolis ! Il y en a des bleus, des rouges, des verts, de toutes les couleurs, comme sur le pantalon de papa. Il est très fier quand je lui dis que je n'ai rien vu d'aussi beau. Maman aussi lui dit : « Tu peux être fier ! » et elle est sincère, elle ne rit pas quand elle lui dit ça.

Après, papa va cacher les œufs dans l'herbe, dans le jardin. Comme l'herbe est très haute, c'est très difficile à trouver les œufs.

Papa, il dit à maman que c'est pour mieux cacher les œufs de Pâques qu'il n'a pas passé la tondeuse depuis longtemps. Il y a eu un petit accident : papa s'est battu avec un gros chien qui s'entêtait à retrouver les œufs et était entré dans le jardin. Papa a gagné. Mais il ne faut pas que je cherche les œufs tout de suite, parce que mes petits amis du quartier viennent pour m'aider et aussi pour goûter.

Mes petits amis sont arrivés avec de beaux cadeaux : des œufs en chocolat, des poules en chocolat et un tas d'autres choses en chocolat. Maman elle a dit que rien que de voir tout ça, elle a mal au foie. Moi, c'est après avoir mangé que je suis malade, mais j'aime bien ça !

Papa, quand mes amis sont arrivés, nous a tous réunis dans le jardin, et puis il a dit : « Allez-y, mes enfants cherchez les œufs ! » et moi j'avais une surprise pour papa, qui ne s'amuse jamais avec nous ! Je lui ai dit : « Toi aussi, papa, cherche avec nous ! J'ai caché ta montre dans l'herbe ! » Papa, il est devenu tout rouge, il m'a regardé avec de gros yeux pour rire, bien sûr, et il s'est mis à chercher, lui aussi.

M. Blédurt, notre voisin, a regardé par-dessus la haie et puis il a dit à papa : « Tu n'es pas un peu grand pour chercher des œufs, non ? » et il s'est mis à rigoler. Alors papa, qui n'avait pas encore trouvé sa montre, a levé la tête et lui a dit : « Toi, tu ne serais pas capable de trouver ton nez pour te moucher, si on ne t'avait pas dit qu'il était au milieu de ta grosse figure ! » Alors, M. Blédurt a dit qu'il pariait qu'il trouverait un œuf en moins de trente secondes. Alors, il a sauté par-dessus la haie et il a gagné, parce qu'en retombant dans notre jardin il a écrasé un œuf avec sa chaussure en daim. Papa a beaucoup ri parce que la chaussure de M. Blédurt est devenue jaune et bleu. M. Blédurt a fait les gros yeux à papa (pas pour rire) et il l'a poussé. Papa il est tombé et il a poussé un cri, parce qu'il avait retrouvé sa montre, qu'il a un peu cassée en s'asseyant dessus.

Nous n'avons pas vu la fin de la dispute, parce que maman nous a vite appelés pour goûter. Nous avons dû laisser le jardin, où il ne restait plus que M. Blédurt et papa qui criaient et le gros chien qui a profité de l'occasion pour revenir chercher les œufs que nous n'avions pas trouvés.

À la maison, on s'est bien amusés ! Il y avait du chocolat, et puis maman avait fait un gâteau au chocolat et en même temps on a mangé les cadeaux.

Le gros Alceste, qui mange très vite, a été le premier malade. Puis tous on a suivi, sauf Joseph qui est tout maigre, mais qui peut manger beaucoup, parce qu'il a une combine formidable ! il a un ver solitaire qui est malade à sa place.

Maman elle a téléphoné à toutes les mamans de mes amis pour qu'elles viennent vite les chercher. Les mamans sont venues et elles faisaient toutes une drôle de tête en entrant. Elles prenaient leur fils par la main et le tiraient dehors en disant à maman qu'on n'a pas idée de gaver comme ça des enfants.

Après, j'ai compris pourquoi les mamans faisaient une drôle de tête. Pour entrer à la maison, elles devaient traverser le jardin, où papa se trouvait assis dans l'herbe, la chemise déchirée, saignant du nez et disant des choses que je ne dois pas entendre, me dit maman.

Maman elle était assise dans le fauteuil, avec des yeux qui ne regardent nulle part. Il faut dire que la salle à manger était un peu en désordre et il y avait quelques taches. Papa, quand il a vu ça, il a voulu mettre maman de bonne humeur et il lui a dit qu'il allait faire une bonne blague. Moi, j'étais content, parce que je la connais, la blague : papa il la fait toutes les années. Voilà : papa a un ami qui s'appelle M. Cloche ; alors à Pâques, papa lui téléphone pour lui souhaiter bon voyage pour Rome et moi je ris beaucoup.

Mais cette fois-ci, ça ne s'est pas passé comme d'habitude, parce que M. Cloche, paraît-il, lui a dit qu'en effet il partait pour Rome, le lendemain, avec sa femme. Alors, maman s'est mise à pleurer, en disant qu'elle n'allait jamais nulle part et qu'elle était tout juste bonne à nettoyer la salle à manger qui, de toute façon, était fichue.

Alors, papa, pour la calmer, lui a promis de l'emmener à Rome pour la Pentecôte.

Ah oui ! on s'est bien amusés pour Pâques ; je n'oublierai jamais ce jour-là; papa non plus, il a dit d'ailleurs : « Je m'en souviendrai ! » J'espère que vous aussi vous vous amuserez comme nous, et c'est pour ça que je vous dis : « Joyeuses Pâques ! »

Le pull-over

Ce matin, quand maman est venue me réveiller, elle m'a dit :

– Lève-toi vite, Nicolas, j'ai une surprise pour toi.

– Une petite auto ? j'ai demandé. Un wagon de marchandises pour mon train ? Un stylo ? Un ballon de rugby ?

– Non, m'a dit maman. Un pull-over.

Alors là, j'ai été déçu, parce que les choses pour s'habiller, c'est pas des vraies surprises, mais comme je ne voulais pas faire de la peine à maman, je n'ai rien dit, je me suis levé, je suis allé faire ma toilette, et quand je suis revenu dans ma chambre, maman m'a montré le pull-over, qui était bleu clair, avec trois canards jaunes, l'un au-dessus de l'autre, et je me suis mis à pleurer.

– Qu'est-ce qui te prend ? m'a demandé maman.

– Je veux pas le mettre, j'ai dit. Tous les copains vont se moquer de moi, à l'école !

Alors, ça a été terrible ! Maman s'est drôlement fâchée, elle a dit que j'étais un ingrat, qu'elle avait couru les magasins et qu'elle avait eu du mal à me trouver un beau pull-over comme ça, qu'il était très bien ce pull-over, que je n'y connaissais rien et que je m'habille sans faire d'histoires.

– C'est un pull-over de bébé ! j'ai crié.

– Tu veux une fessée ? m'a demandé maman.

Alors comme j'ai vu que ce n'était pas le moment de rigoler, j'ai mis mon pull-over et je suis descendu avec maman dans la salle à manger, où papa était déjà en train de prendre son café.

– La journée commence bien, a dit papa. Je vous ai entendu crier. Que se passe-t-il ?

– Il se passe que Monsieur Nicolas n'aime pas le nouveau pull-over que je lui ai acheté, a dit maman.

Papa a regardé mon pull-over, il a ouvert des yeux étonnés, il a rigolé, et puis il a dit à maman :

– Où est-ce que tu as trouvé ça ?

– Chez Barbenbloc, a dit maman sans rigoler. Pourquoi, il ne te plaît pas ?

– Non, non, c'est pas ça, a dit papa. Mais... tu ne crois pas que le petit est un peu grand pour porter ce... ces canards ?

– Peut-être que Monsieur Nicolas devrait porter un gilet avec une chaîne de montre ? a dit maman, et elle a fait *pfff* par le nez.

– Oh oui ! Oh oui ! j'ai dit.

– Nicolas, tais-toi ! a crié maman. En voilà assez ! Prends ton café, il va être l'heure d'aller à l'école.

– J'irai pas à l'école avec ce pull-over ! j'ai crié. Je veux un gilet.

Alors papa a donné un coup de poing sur la table.

– Nicolas ! a crié papa. Tu me feras le plaisir de parler sur un autre ton à ta mère ! Et quand elle t'offre quelque chose, tu dois lui dire merci, et être très fier de le porter.

– Et alors toi, j'ai pleuré, pourquoi tu ne portes jamais la cravate que maman t'a donnée ?

– La cravate ? a dit papa. La cravate ? Qu'est-ce que la cravate vient faire là-dedans ?

– Oui, c'est vrai ça, a dit maman. Tu ne la portes pas souvent, la cravate. Je l'avais achetée chez Barbenbloc. Elle ne te plaît pas, la cravate ?

– Mais si ! Mais si ! a dit papa. Mais c'est une cravate habillée, je ne veux pas la salir, et puis aussi, elle est un peu gaie pour le bureau, et puis… Nicolas ! Ça suffit comme ça ! Mouche-toi, bois ton café, et dépêche-toi, tu vas être en retard !

Nous sommes sortis ensemble de la maison, papa et moi, et sur le trottoir, avant de nous séparer, papa m'a dit :

– Tu sais, mon Nicolas, les femmes n'ont pas toujours le même goût que nous, en ce qui concerne nos vêtements. Ça ne veut pas dire qu'elles aient tort, mais enfin, il faut se faire une raison, et surtout ne jamais faire de peine à maman… Alors, va à l'école, travaille bien, sois sage… et courage !

En marchant vers l'école, j'étais bien embêté, parce que je savais que les copains allaient se moquer de moi en voyant mes canards.

Même en boutonnant bien mon veston jusqu'en haut, on voyait le canard du dessus qui rigolait, mais après tout, si les copains disent quelque chose, moi je leur donnerai des baffes, c'est vrai, quoi, à la fin, non mais sans blague, et je suis entré dans la cour de l'école avec une grosse boule dans la gorge.

Les copains étaient en train de jouer aux billes, et Alceste s'est retourné quand je suis arrivé.

– Tu joues ? il m'a demandé.

– Non, j'ai dit. Et puis laissez-moi tranquille !

– Ben qu'est-ce que tu as ? m'a demandé Eudes.

– Et si mon pull ne vous plaît pas, je peux vous donner des tas de baffes, j'ai dit.

– Oh ! a crié Geoffroy. Un canard ! Nicolas a un canard !

Et puis Geoffroy s'est mis à courir, avec les jambes écartées, en agitant les bras, et en se retournant vers moi pour crier : « Coin coin ! Coin coin ! » Et puis il s'est cogné contre le Bouillon, qui est notre surveillant et qui n'aime pas qu'on se cogne contre lui.

– Eh bien ! a dit le Bouillon. Vous devenez fou, mon ami ? Vous voulez que je vous mette au piquet pour vous apprendre à faire le pitre ? Hmm ?

Et le Bouillon est parti en remuant la tête, et les copains se sont mis autour de moi.

– Hé ! Fais-les voir, tes canards ! a dit Joachim.

Alors je me suis jeté sur Joachim et j'allais me battre avec lui, quand Clotaire a crié : « Attention ! Le Bouillon ! »

– Vous étiez en train de vous battre ici ? a demandé le Bouillon. Regardez-moi bien dans les yeux ! Hmm ?... Ouais, bon ! Vous me

paraissez tous bien excités, ce matin ! Que je ne vous y reprenne plus, mauvaise graine !

Quand le Bouillon est reparti, moi j'ai dit aux copains qu'ils étaient des imbéciles, qu'ils m'avaient l'air bien excités ce matin,

que je ne leur parlais plus, et qu'ils rigoleraient moins quand je viendrai à l'école avec le gilet et la chaîne de montre que mes parents m'avaient promis, mais eux – ce qu'ils sont bêtes – ils continuaient à faire « Coin coin » et à marcher avec les jambes écartées, et j'allais commencer à leur donner des claques, quand le Bouillon a sonné la cloche de la rentrée, et je suis allé me mettre en file, drôlement furieux.

En classe, la maîtresse a commencé à nous expliquer la leçon de grammaire, et puis j'ai entendu derrière moi Geoffroy qui tout doucement faisait « Coin coin ». Alors, j'ai donné un coup de pied à Alceste qui est assis à côté de moi et qui rigolait, et Alceste a laissé tomber sa brioche qu'il était en train de manger, et il a crié :

– Tu commences à nous embêter avec tes canards !

Alors la maîtresse a donné des tas de coups de règle sur son bureau, elle a crié que nous nous conduisions comme des petits sauvages, qu'elle en avait assez, qu'elle allait drôlement nous mater, qu'elle m'avait vu donner un coup de pied à mon camarade, et qu'est-ce que cela voulait dire, et je me suis mis à pleurer, et la maîtresse m'a dit que ce n'était pas une réponse, et Agnan a levé le doigt, et la maîtresse lui a demandé ce qu'il voulait, et Agnan lui a dit :

– C'est à cause de son pull-over, mademoiselle. Ils se moquent de son pull-over parce qu'il y a des canards dessus.

La maîtresse a ouvert des yeux tout ronds, et puis elle m'a dit de me lever et d'aller à son pupitre. J'y suis allé en pleurant, la maîtresse m'a regardé, et puis elle m'a dit :

– Mais il est très joli, ce pull-over ! Très élégant ! Tu en as de la chance d'avoir des parents qui t'achètent de belles affaires comme ça ! N'écoute pas tes camarades, Nicolas ! Ils sont jaloux, tout simplement ! Tu vois, je ne vais même pas les punir, ils n'en valent pas la peine. Allons, ne pleure plus, tu es très mignon comme ça.

Et la maîtresse m'a passé la main dans les cheveux, elle m'a donné une petite tape sur la joue, elle s'est essuyé la main, elle m'a dit de me moucher, d'aller m'asseoir, et elle a appelé Clotaire au tableau.

Et ce soir, maman et moi on a été drôlement fiers, quand la maman de Geoffroy a téléphoné à maman pour lui demander où elle avait acheté mon pull-over.

La télé chez Clotaire

QUAND J'AI BIEN TRAVAILLÉ À L'ÉCOLE, papa et maman me laissent quelquefois téléphoner à Clotaire pour qu'il m'invite à regarder la télévision chez lui. Ce qui est embêtant, c'est que comme Clotaire est le dernier de la classe, il est souvent privé de télé par son papa et sa maman, alors moi, c'est pas juste, je suis privé de télé aussi. Ils exagèrent, le papa et la maman de Clotaire, c'est vrai, quoi, à la fin !

Mais comme la maîtresse a eu la grippe, elle n'a pas pu nous donner les notes de la composition d'histoire samedi ; alors dimanche Clotaire n'a pas été puni et j'ai pu lui téléphoner et il m'a dit que bon, d'accord, que je vienne.

– Je vais t'accompagner chez ton camarade en voiture, m'a dit papa.

Et ça, ça m'a étonné, parce que Clotaire habite tout près ; la maison à côté de l'épicerie de M. Compani, qui est très chouette et qui me donne des biscuits chaque fois que je vais acheter quelque chose pour maman : les cassés au fond de la boîte, mais ils sont encore très bons.

Alors, après le déjeuner, papa a sorti la voiture du garage et nous sommes tout de suite arrivés devant chez Clotaire et papa m'a accompagné jusqu'à la porte. C'est le papa de Clotaire qui a ouvert.

– Tiens, mais c'est Nicolas ! il a dit le papa de Clotaire ; et puis il a donné la main à papa et il lui a demandé s'il allait bien.

– Très bien, et vous ? a demandé papa.

– Ça va, a dit le papa de Clotaire.

– Je suis venu accompagner le petit jusqu'à chez vous, a dit papa. Il aime bien regarder la télé chez son grand ami Clotaire.

– Eh oui, a dit le papa de Clotaire.

– Voilà, voilà, a dit papa.

– Au fait, a dit le papa de Clotaire, ça vous intéresserait peut-être de venir regarder la télé pendant quelques instants ?

– Oh ! a dit papa, je ne voudrais pas vous déranger…

Et nous sommes entrés chez le papa de Clotaire.

Nous sommes allés dans le salon où est la télé, et il faisait tout noir et ça sentait le chou-fleur. Ça, ça ne m'a pas étonné, parce que je sais que le dimanche, comme les émissions commencent de bonne heure, chez Clotaire ils mangent dans le salon. Il faisait noir parce que dans le salon, les persiennes et les rideaux sont toujours fermés, et c'est très chouette parce que les fauteuils et les chaises sont placés en rang devant la télé ; on se dirait au cinéma. Clotaire et sa maman étaient déjà assis en train de regarder.

– Qui est-ce ? a demandé la maman de Clotaire quand nous sommes entrés.

– C'est Nicolas et son papa, a dit le papa de Clotaire.

– Quelle bonne surprise ! a dit la maman de Clotaire. Asseyez-vous donc… Oh ! Voilà encore cet animateur que je n'aime pas avec sa bouche de travers, oh là là ! On se demande comment des gens comme ça osent faire de la télé… Prenez le fauteuil, là.

Nous nous sommes assis, et c'était une émission très chouette avec des tas de sports, et on nous a montré un championnat de bilboquet en Australie, rigolo comme tout. Et puis il y a eu de la boxe.

– Je ne veux pas voir ça ! a dit la maman de Clotaire.

– Ça devrait être interdit, a dit le papa de Clotaire.

– C'est très brutal, a dit papa.

Et bing ! Un des boxeurs a donné une baffe à l'autre, et celui qui a reçu la baffe est tombé assis par terre.

– Allons, relève-toi ! a dit la maman de Clotaire. Mais enfin, pourquoi il ne se relève pas ? L'autre l'a à peine touché !

– C'est truqué, a dit le papa de Clotaire. Tout est arrangé d'avance, tu penses bien... Ça y est ! Il est debout !

– Vas-y ! a crié papa.

Pendant la course de chevaux, la maman de Clotaire a dit à Clotaire d'apporter le plateau qui était prêt dans la glacière avec les deux verres de lait pour lui et pour moi, et avec les gâteaux.

– Vous prendrez bien quelque chose ? a demandé la maman de Clotaire à papa.

– Le 4 ! Moi je parie pour le 4 ! Le jockey avec la casaque blanche ! a crié papa.

– Moi je prends le 6, a dit le papa de Clotaire. Celui qui est devant les autres. Ils ne le rattraperont jamais !

Le 8, qui s'appelait Sambre-et-Meuse, a gagné, juste quand Clotaire a apporté le plateau. On l'a posé par terre, devant la télé, et on a mangé en regardant l'écran : il y avait des gâteaux au chocolat qui allaient très bien avec le lait ; il faudra que j'en parle à maman. Il y a eu aussi la deuxième mi-temps d'un match de foot, pas mal, et une course d'autos, « vroum, vroum ».

Le papa de Clotaire a dit qu'il s'était toujours demandé à quoi ça pouvait servir ces courses, où des gens risquaient leur vie. Papa lui a expliqué que c'était ça, justement ; que ce que la foule aimait, c'était de voir des gens se tuer, et que c'était ça qui était terrible avec la foule. La maman de Clotaire a dit que ça devrait être interdit et qu'elle se demandait pourquoi il n'y avait jamais de courses d'autos conduites par des femmes, parce que malgré tout ce que les gens disaient, les femmes conduisaient aussi bien si ce n'est mieux que les hommes. Le papa de Clotaire a rigolé, il a commencé à dire quelque chose, mais on n'a pas compris, parce qu'il n'a pas eu le temps de finir à cause de la deuxième mi-temps du match de rugby qu'ils ont passée après la course d'autos. On n'a pas su qui avait gagné la course d'autos, parce qu'ils étaient un peu en retard et ils ne voulaient pas rater le match de rugby ; et pour le match de rugby, on n'a pas su qui a gagné non plus, parce qu'ils étaient en retard pour l'émission suivante. Quand ils ont coupé, les équipes étaient à 3 à 3, et ils auraient pu attendre pour voir si le joueur réussissait la transformation.

Après, comme l'émission suivante n'était pas prête, ils nous ont montré pendant longtemps un bocal avec des poissons dedans, et la maman de Clotaire est sortie du salon. Et puis, ils ont enlevé le bocal, et le papa de Clotaire a crié pour prévenir la maman de Clotaire que ça commençait, et elle est revenue en courant dans le salon.

Et puis, on a vu assis à une table un monsieur qui demandait à un autre monsieur depuis combien de temps il jouait du piano, et Clotaire m'a dit que sa mémé lui avait fait cadeau d'une boîte terrible de soldats de plomb.

– Clotaire, tais-toi ! a dit le papa de Clotaire.

– Si tu as envie de bavarder, tu n'as qu'à aller dans ta chambre avec ton petit camarade, a dit la maman de Clotaire.

Alors, je suis allé avec Clotaire dans sa chambre, et il m'a montré ses soldats de plomb qui étaient très chouettes, moi j'aime bien les soldats de plomb, et on a joué à la guerre. Et c'étaient vraiment des très bons soldats de plomb, parce qu'il n'y en a eu que trois qui se sont cassés, et encore, on a eu du mal. Et puis j'ai vu qu'il était très tard, alors nous sommes descendus dans le salon où, à la télé, une dame montrait comment il fallait faire pour coudre une robe, et elle le faisait sur une autre dame, sans la piquer une seule fois.

– Eh bien, a dit papa en me voyant arriver, je crois Nicolas qu'il va falloir te décider à rentrer à la maison !

Alors le papa de Clotaire a allumé la lumière dans le salon et la maman de Clotaire a baissé le son de la télé. Tout le monde avait des petits yeux et agitait les paupières drôlement vite. Papa et moi on a dit au revoir, et le papa de Clotaire nous a accompagnés jusqu'à la porte. Clotaire et sa maman sont restés dans le salon, où ils ont éteint la lumière.

– Je vous remercie beaucoup, a dit papa au papa de Clotaire. Quelquefois j'ai bien envie d'acheter un poste de télévision, mais franchement, j'hésite à cause du petit.

– Je dois dire que vous avez raison, a dit le papa de Clotaire. Moi, il m'arrive de regretter d'avoir acheté le récepteur. Les enfants sont comme hypnotisés par l'écran ; ils regardent n'importe quoi et ça les abrutit.

Et le papa de Clotaire nous a dit au revoir très vite, parce que la maman de Clotaire a crié du salon que le feuilleton allait commencer.

Le concours

JEUDI, APRÈS DÉJEUNER, comme j'avais encore un peu de temps avant de retrouver les copains au terrain vague, je me suis assis dans le fauteuil, et j'ai pris le journal que papa y avait laissé avant de partir à son travail.

Comme d'habitude, à part les photos et les dessins, il n'y avait rien à lire dans le journal, sauf en dernière page, et là, c'était formidable ! Il y avait un grand concours, et le premier prix c'était une auto ! On voyait la photo de l'auto, et c'était une auto chouette comme tout. Pour le concours, ils disaient que tous les jours ils allaient passer la photo d'un monument, et qu'il fallait le reconnaître et dire où il se trouvait. C'était drôlement facile ; ils donnaient un exemple, et j'ai tout de suite vu que c'était la Tour Eiffel, celle qui est à Paris. Moi, je suis très fort pour les monuments, et j'en connais beaucoup : il y a la statue de Jean-Jules Trempé (1864-1930), avec une barbe et des pigeons, près de l'école, dans le square, et puis celle de Poirier-Lamarre, qui était un corsaire, et qui se trouve à Bains-les-Mers, pas loin de l'hôtel Beau-Rivage, où nous avons passé des vacances avec papa et maman, et qu'on voit de la salle à manger, en se penchant, et c'est une chouette statue en fer, qui regarde par une longue-vue l'hôtel de la Plage, et dans le concours ils vont sûrement en parler.

Quand je suis arrivé dans le terrain vague, les copains y étaient déjà, et ils m'attendaient dans la voiture. Il faut vous dire que dans le quartier, nous avons un terrain vague terrible, où on trouve de tout, et surtout une voiture sans roues, et on y rigole bien, en faisant « vroum, vroum », en jouant aux embouteillages, et des tas de choses.

– Eh ben, te presse pas, ça fait une demi-heure qu'on t'attend ! m'a dit Eudes, qui conduisait.

– Je vais avoir une auto, une vraie ! je leur ai dit.

– Ton père achète une nouvelle auto ? m'a demandé Rufus.

– Non, j'ai répondu. Ce sera une auto à moi. À moi tout seul ! Et je leur ai expliqué le coup du concours, et du premier prix, et que je m'y connaissais drôlement en monuments, et que je savais déjà la réponse à la question exemple.

– Ça c'est chouette, tu as de la veine, m'a dit Alceste.

– Bah, mon papa il a trois voitures, et il a pas besoin de faire des concours pour les avoir ; il va dans le magasin, il choisit, et bing ! il achète, a dit Geoffroy qui est un jaloux, et qui raconte n'importe quoi.

– Peut-être, je lui ai dit, mais ces voitures ne sont pas à toi, tandis que l'auto du journal, elle sera à moi, et à moi tout seul !

– Ah oui ? a dit Geoffroy. Et qui va la conduire, je vous prie ?

– C'est moi qui vais la conduire, voilà qui va la conduire, non mais sans blague ! j'ai dit.

– Tu sais pas ! a dit Geoffroy.

– C'est vrai, il sait pas, a dit Maixent.

– Oui, je sais ! Parfaitement, je sais, j'ai crié.

Mais j'étais bien embêté, parce que c'est vrai que je ne savais pas. Conduire l'auto du terrain vague, ça, c'est facile ; on fait « vroum, vroum », mais on n'avance pas vraiment. Avec l'auto du journal, c'est autre chose. Mais je me suis dit qu'après tout papa m'apprendrait ; il a déjà appris à conduire à maman. Ce qui est embêtant, c'est que papa et maman ne se sont pas parlé pendant une semaine, et maman a dit qu'elle allait retourner chez sa maman à elle, qui est ma mémé à moi.

– Et puis, a dit Rufus, même si tu sais la conduire, ton auto, t'as pas le droit, parce que t'as pas l'âge.

– Ça, c'est des blagues, j'ai crié.

– Non monsieur ! Non monsieur ! a crié Rufus. C'est mon papa qui m'a dit qu'il fallait être un grand pour conduire, et mon papa il s'y connaît, puisqu'il est agent de police. Alors si mon papa te voit

en train de conduire, Priii ! il te siffle et il te met des tas de contraventions, et il emporte ta voiture.

Alors là, je me suis fâché drôlement. C'est vrai, quoi, à la fin ! Parce que j'ai une voiture, tous les copains, ils veulent m'empêcher de la conduire. Et si le papa de Rufus veut une auto, il n'a qu'à faire comme le papa de Geoffroy, et en acheter une !

– Je la conduirai quand même, mon auto, j'ai crié. Et vous êtes un tas de jaloux !

– Moi je suis pas jaloux, a dit Alceste. Tu me laisseras aller dans ton auto ?

– Peut-être, j'ai dit. Mais il ne faudra pas que tu manges dedans, pour ne pas faire des miettes et des taches partout. Mon papa, il dit que quand les sièges sont sales, ça fait baisser le prix de la voiture quand on la revend pour en acheter une autre.

Ça, ça lui a pas plu à Alceste, qui a dit qu'il mange où et quand il en aurait envie, et que c'est pas moi qui l'en empêcherai, et que j'étais un imbécile, et qu'une fois il était parti en pique-nique avec ses parents, et comme il pleuvait, ils avaient mangé du cassoulet froid dans l'auto, et que ça n'avait pas fait baisser le prix de rien du tout, et puis que je n'étais pas un copain, et qu'il ferait le concours, et que lui aussi il aurait une auto, dans laquelle il mangerait tout le temps.

– Tu ne mangeras pas de cassoulet dans ma voiture ! j'ai crié. Et puis, t'as pas le droit de faire le concours. C'est moi qui l'ai vu le premier, imbécile toi-même !

– Nicolas a raison, a dit Joachim. Si tu entres dans son auto, il ne pourra plus jamais la revendre.

– On ne t'a pas sonné ! a dit Alceste à Joachim, et ils ont commencé à se battre.

– Et moi, tu m'emmèneras dans ton auto ? m'a demandé Rufus.

– Peut-être, a dit Clotaire. Mais moi je serai assis devant, et puis Nicolas me passera le volant !

– Pourquoi à toi, et pas à moi ? a dit Maixent. J'ai autant le droit de conduire l'auto de Nicolas que toi !

– Si ce n'est pas moi qui conduis, Priii ! mon père il lui met une contravention à Nicolas ! a crié Rufus. Et puis une à son père, quand il le verra passer dans la rue ! Priii ! Priii ! Priii !

– Tu nous embêtes avec tes Priii ! a crié Eudes.

– Et à ton père à toi aussi ! Priii ! a crié Rufus, et il a eu tort, parce qu'Eudes est très fort, et dès qu'on lui dit quelque chose qui ne lui plaît pas, bing ! il donne des coups de poing sur le nez.

Ils étaient tous là à se disputer, à se pousser et à se battre, et moi j'ai dit qu'ils étaient tous bêtes, et que s'ils continuaient, personne n'irait dans mon auto.

– Et où tu vas la mettre, ton auto ? m'a demandé Geoffroy.

– Ben, à la maison, dans le garage, j'ai dit.

– Ah oui, m'a dit Geoffroy. Et tu crois que ton père va mettre son auto dehors pour que tu mettes la tienne à sa place ? Tu me fais rigoler.

– Ben alors, j'ai dit, je la mettrai dans le terrain vague.

– Non monsieur ! a crié Alceste. On n'en veut pas de ta sale auto dans notre terrain vague ! Puisqu'on ne peut pas monter dedans et y manger, tu n'as qu'à la garer dans la rue, ton auto !

– Et je dirai à mon père de te mettre des contraventions si tu la gares dans la rue ! a crié Rufus. Prrriii !

Alors moi, je suis parti en courant, en disant aux copains que je ne voulais plus jamais les voir.

En allant à la maison, je n'étais pas content, parce que je n'aime pas me fâcher avec les copains, qui sont chouettes, et parce que je me disais que c'était vrai que papa ne me laisserait pas mettre l'auto dans son garage, et que c'était pas juste, que moi, on ne me laissait jamais faire ce que je voulais à la maison. Heureusement que maman serait contente, parce que papa ne veut jamais lui prêter sa voiture, mais moi je lui prêterai la mienne, à condition qu'elle fasse attention, parce que papa ne veut plus lui prêter l'auto depuis la fois où elle a eu un accrochage, et il y avait une aile toute cassée, et ça ne m'amuserait pas que maman casse les ailes de mon auto neuve, et peut-être qu'il vaudrait mieux que je fasse comme papa, et que je ne prête pas mon auto à maman, mais maman va se fâcher, et je commençais à en avoir assez de cette auto qui fait des tas d'ennuis, et qu'on ne sait même pas où la garer.

Alors, quand je suis arrivé à la maison, j'ai pris le journal, j'ai découpé le bon qu'il faut envoyer pour faire le concours et j'ai écrit dessus :

« Je vous demande pardon de ne pouvoir faire votre concours, parce que ça fait des histoires avec les copains, et à la maison. Alors, l'auto, vous n'avez qu'à la donner à un autre. »

La nouvelle épicerie

IL Y A UNE NOUVELLE ÉPICERIE TERRIBLE qui s'est ouverte pas très loin de chez nous dans le quartier, et maman m'a emmené faire des courses avec elle, parce qu'elle dit qu'elle ne voulait plus me laisser seul à la maison, que je faisais toujours des bêtises, comme si c'était de ma faute qu'à cause de la grosse étincelle de mon train électrique il n'y avait plus eu de lumière chez M. Blédurt, qui avait des invités et qui, après, s'est disputé avec papa. M. Blédurt, c'est un voisin qui ne nous parle plus.

Nous sommes allés en auto à l'épicerie, parce que maman conduit l'auto de papa, maintenant. C'est papa qui a commencé à apprendre à conduire à maman, et moi je n'aimais pas tellement ça, parce qu'après chaque leçon maman pleurait et disait qu'elle allait retourner chez sa maman, qui est ma mémé. Mais après, maman est allée dans une école et elle l'a eu, son permis. Et elle a été drôlement courageuse, ma maman, parce que maintenant, il paraît, il faut passer quatre examens pour l'avoir, le permis de conduire. Chaque fois que maman lui demande de lui prêter la voiture, papa, pour rire, dit que non, mais après la discussion, il est toujours d'accord.

Quand nous sommes arrivés devant l'épicerie, on a eu de la chance, parce qu'il y avait un gros camion qui est parti, et qui a laissé juste la place qu'il nous fallait pour nous garer; et nous sommes entrés dans l'épicerie.

Elle est formidable, la nouvelle épicerie! Grande comme tout, avec des tas et des tas de lumières, et une radio qu'on ne voit pas, mais qui vous dit tout le temps ce qu'il faut acheter. Et puis, plus chouette que tout, à l'entrée, on vous donne un chariot pour mettre dedans les choses qu'on achète.

– Oh! dis, maman, j'ai demandé, tu me laisses pousser le chariot?

– Oui, mais sois sage, m'a dit maman.

Il roulait drôlement bien, le chariot; si on en avait des comme ça pendant la récré, qu'est-ce qu'on rigolerait! et puis, on pourrait jouer aux avions et ratatatatat!

– Nicolas! Tais-toi! m'a dit maman.

Alors, j'ai cessé de faire la mitrailleuse, et nous avons commencé à marcher dans l'épicerie; il y a comme des couloirs entre les tas de choses à manger. Mais il n'y a pas de vendeurs : on peut prendre ce qu'on veut, ce qui est vraiment une bonne idée. Parce qu'il y en a des choses! Je n'ai jamais vu autant de boîtes de cassoulet, même chez Alceste, et pourtant, chez Alceste, on aime bien le cassoulet !

Maman était en train de regarder des choses qui étaient dans une espèce de glacière ; il y avait une pancarte qui expliquait que ces choses se réchauffent et qu'elles sont très bonnes, un peu comme le ragoût que fait maman, et après on en mange pendant des jours, et à la fin, papa, pour rire, dit qu'il va retourner chez pépé si on lui en sert encore. Et puis, j'ai vu un type, grand comme moi, à peu près, qui était là, seul, avec un chariot, lui aussi, mais avec plein de choses dedans.

Je me suis approché de lui, et il m'a dit :

– On fait une course, vroum ?

– Bon, j'ai dit, jusqu'aux bouteilles, là-bas.

Et on a commencé à courir dans le couloir, mais moi, je crois qu'il l'a fait exprès, bing ! son chariot a accroché le mien. Je ne lui ai pas donné une baffe, parce que maman m'avait dit d'être sage, mais je suis parti ; il n'y a qu'avec les copains de l'école qu'on peut vraiment jouer. L'ennui, c'est qu'une roue du chariot était un peu tordue, à cause de cet imbécile, et une dame habillée en blanc est venue, elle m'a pris par le bras et elle m'a dit que ma maman me cherchait partout. Alors, je suis allé avec elle, et elle m'a amené devant une dame que je ne connaissais pas.

– Mais non, a dit la dame que je ne connaissais pas, ce n'est pas celui-là ! C'est un petit rouquin avec des… Tenez ! Le voilà, là-bas !

Et la dame que je ne connaissais pas est allée vers le type avec qui j'avais fait la course, et le type, il l'a eue, sa baffe !

Et puis maman est arrivée, et elle a dit :

– Te voilà ! Je t'avais pourtant bien dit de ne pas te sauver ! Tu verras à la maison, tu ne perds rien pour attendre !

Et puis maman n'a plus voulu que je pousse le chariot, et c'est elle qui a conduit.

– Eh bien, elle a dit, il roule vraiment mal, ce chariot ! Pour un magasin tout neuf, donner des chariots avec des roues tordues… Enfin !

Et puis j'ai suivi maman dans les couloirs, et elle choisissait des choses et elle les mettait dans le chariot. Alors moi, pour que maman ne soit plus fâchée contre moi – ça me fait toujours une peine terrible quand maman est fâchée contre moi – j'ai décidé de l'aider et de lui faire une surprise. Alors, pendant que maman était occupée, moi aussi je mettais des tas de bonnes choses dans le chariot. Et puis maman a dit qu'il se faisait tard et qu'on allait rentrer.

Ce que je ne savais pas, c'est qu'avant de sortir on passe devant un monsieur qui est assis derrière une caisse, qui sort du chariot toutes les choses, pour les mettre sur un comptoir, et qui fait payer. Ça, c'est pas très chouette comme truc ; ils pourraient prévenir. Et puis, bien sûr, ça a fait des histoires, parce que maman a dit qu'elle n'avait pas acheté tout ça et qu'elle ne savait pas comment c'était venu dans son chariot. Et puis, elle m'a regardé avec des gros yeux, et moi je me suis mis à pleurer et j'ai dit que, comme il n'y avait pas de vendeurs, je ne savais pas qu'il fallait payer.

Le monsieur à la caisse a fait un sourire, il a dit que « Bon ça va », et maman a choisi ce qu'elle voulait garder.

Elle a dû se dépêcher un peu, maman, parce que les gens derrière nous commençaient à se plaindre et à dire qu'ils étaient pressés. Nous sommes sortis du magasin et j'ai vu qu'il y avait des hommes en blanc qui regardaient la roue du chariot et qui nous regardaient après. Mais ils n'ont rien dit.

EN
PROMOTION

CAMPANI

Maman, elle avait l'air un peu nerveuse en entrant dans l'auto de papa ; c'est pour ça, sans doute, qu'elle a eu cet accrochage avec l'autre dame qui attendait qu'on s'en aille pour se garer. Mais ce n'était pas de la faute de maman ; elle avait bien mis le clignotant pour montrer qu'elle allait faire une marche arrière.

À la maison, maman a été très gentille, et elle ne m'a pas grondé du tout. Mais quand papa est arrivé, elle lui a dit :

– Chéri, nous avons eu un petit accident.

J'ai eu peur qu'elle raconte à papa le coup de la roue du chariot, mais non, c'était seulement pour parler de l'auto.

Et pendant que papa et maman discutaient, je me suis dit que la grande épicerie, c'est drôlement chouette ! Mais moi, quand même, je préfère l'épicerie du coin. Il n'y a pas de chariots, dans l'épicerie du coin ; de toute façon, il n'y aurait pas de place ; mais chaque fois que j'y vais, M. Compani me donne des biscuits. Les cassés, au fond de la boîte, mais qui sont encore très bons.

La visite

NON, NON ET NON, NICOLAS, m'a dit maman. Tu viendras avec nous prendre le thé chez M. et Mme Chausson, et ne discute plus !

– Mais moi j'aime mieux aller au cinéma, j'ai dit. Ou au terrain vague ; peut-être que les copains y sont.

– Tu n'iras pas seul au cinéma, et tu n'iras pas dans cet horrible terrain vague. Ça suffit, maintenant ! a crié maman.

– Alors, j'ai dit, je resterai à la maison.

– Tu sais bien que je n'aime pas que tu restes seul à la maison, a dit maman.

– Je resterai pas seul, j'ai dit, je pourrais téléphoner à Alceste, et il viendrait…

– Ah non, a dit maman. Surtout pas Alceste ! Et n'en parlons plus ou je vais me fâcher !

Alors moi je me suis mis à pleurer, j'ai dit que c'était pas juste, que j'avais fait huitième en géographie, que je ne voulais pas aller prendre le thé chez M. et Mme Chausson, que M. et Mme Chausson n'avaient pas d'enfant, que je m'embêterai chez M. et Mme Chausson, et qu'est-ce que je ferai chez M. et Mme Chausson ?

– Tu n'as qu'à prendre un livre, a dit maman. Allons, va te peigner parce qu'il se fait tard et nous devons partir !

J'ai vu que ce n'était plus la peine de pleurer parce que maman n'avait pas envie de rigoler et je suis allé me peigner.

J'étais habillé avec le costume bleu marine, et j'avais la chemise blanche qui brille, et j'avais l'air d'un guignol. J'ai pris mon livre avec des histoires de cow-boys et d'Indiens, je le connais bien parce que je l'ai lu souvent, mais c'est le plus chouette. Quand je suis revenu dans le salon, papa et maman m'attendaient, tout prêts pour sortir, et papa a rigolé en me voyant.

– Ne fais pas cette tête-là, bonhomme, m'a dit papa. Tu sais quoi ? Si tu es bien sage, chez les Chausson, peut-être qu'après nous irons au cinéma.

Papa m'a passé la main dans les cheveux, j'ai embrassé papa, et puis maman qui a fait un gros sourire, je suis allé me repeigner, et nous sommes sortis.

M. et Mme Chausson sont des amis très vieux de papa et maman. Ils sont aussi vieux que mémé, et on ne les voit pas souvent ; ils viennent prendre le thé à la maison, et très longtemps après, nous

allons prendre le thé chez eux. C'est pas rigolo, chez eux, mais c'est drôlement propre.

Papa a arrêté l'auto devant la maison de M. et Mme Chausson, nous sommes descendus, maman a sonné à la porte, et Mme Chausson est venue ouvrir.

– Bonjour, bonjour ! Entrez, entrez ! a crié Mme Chausson, comme si elle était surprise de nous voir, et pourtant, ça fait plus d'une semaine que nous étions invités.

Et puis, M. Chausson est venu, tout le monde a serré la main de tout le monde, Mme Chausson a dit que j'avais grandi, M. Chausson a dit que j'avais un beau livre, maman a dit que le temps était orageux, M. Chausson et papa ont dit que oui, que c'était insupportable, et Mme Chausson a dit que le thé était servi. Pour le thé, c'était pas terrible : il y avait du thé, des gâteaux secs, des biscuits, de la confiture, et quand j'ai pris ma tasse, Mme Chausson a dit :

– Attention, mon petit. Ces tasses sont très fragiles.

– Hé, hé, a dit M. Chausson, Amélie tremble toujours pour ses tasses. Il est vrai que c'est un service de Limoges qui lui vient de sa mère, et qui est irremplaçable.

– Fais attention, Nicolas, m'a dit papa.

– D'ailleurs, a dit maman, maintenant que tu as fini de goûter, Nicolas, tu vas aller t'asseoir bien gentiment et lire ton livre.

Moi, je n'avais pas fini de goûter, et j'aurais bien pris encore un biscuit – avec la confiture, ils n'étaient pas si mauvais – mais je ne voulais pas faire d'histoires, alors je me suis levé, j'ai pris mon livre, et je suis allé m'asseoir dans un grand fauteuil.

– Je ne sais pas si tu seras bien dans ce fauteuil, mon petit Nicolas, a dit Mme Chausson.

– Nous avons un tissu très délicat pour les coussins, a expliqué M. Chausson. C'est bien simple, nous n'osons jamais nous asseoir dessus ! Hé hé.

– Va te mettre sur la chaise, là-bas, Nicolas, a dit papa.

– Et sois sage ! a dit maman.

Alors je suis allé me mettre sur la chaise, et j'ai ouvert mon livre. Mais un livre, quand on l'a lu trop souvent, c'est pas tellement rigolo, même quand ce sont des histoires de cow-boys et d'Indiens. Papa, maman, M. et Mme Chausson étaient toujours autour de la table en train de parler, et puis quelquefois tout le monde se taisait, et puis après, tout le monde se mettait à parler en même temps. Et puis, j'ai vu, dans un coin du salon, une vitrine avec des tas de choses dedans, et je me suis levé pour voir, et c'était très chouette ! Il y avait des petites statues, des toutes petites tasses et un tout petit piano, et j'aurais bien joué avec tout ça, et puis M. Chausson a dit :

– Non, non, Nicolas ! Ne t'approche pas trop de cette vitrine ! Tu sais, ça casse si facilement, tout ça !

– Léopold tient beaucoup à ses bibelettes, a dit Mme Chausson. Ce n'est pas à proprement parler une collection, ce sont plutôt des souvenirs. Il a même renvoyé une femme de ménage qui avait brisé un petit berger en terre cuite…

– Nicolas, sois sage ! a dit papa.

Alors je suis allé m'asseoir de nouveau, et j'ai repris le livre, et je me suis amusé à regarder les images en mettant les pages tout près de ma figure, et c'est dommage que je n'aie pas pensé à amener mes crayons de couleur. Et puis, j'ai entendu une auto de pompiers qui passait dans la rue, alors je me suis levé pour aller regarder par la fenêtre, mais l'auto de pompiers était déjà partie.

– Nicolas, a dit maman. Attention aux rideaux !

– Les rideaux ce n'est rien, a dit Mme Chausson. C'est les carreaux. J'ai un mal fou à trouver un laveur de carreaux, c'est terrible ! Et quand ils viennent, c'est à quel prix !

– Eh oui, ils se croient tout permis, a dit maman.

– Je me demande où nous allons, a dit M. Chausson.

– Et c'est ça pour tout, a dit papa.

Moi, je suis retourné m'asseoir sur la chaise, et avec mon ongle, j'ai fait des raies sur la couverture de mon livre de cow-boys et d'Indiens.

– Alors, jeune homme, il te plaît, ton livre ? m'a demandé M. Chausson. C'est un bien beau livre.

– Je l'ai déjà lu, j'ai dit.

– Humm ? Quoi ? Qu'est-ce que tu dis ? a demandé M. Chausson.

– Il l'a déjà lu, lui a expliqué maman. Cet enfant, c'est terrible : il ne lit pas, il dévore. C'est bien simple, tous les soirs c'est la même comédie pour qu'il éteigne sa lumière. Si on le laissait faire, il se brûlerait les yeux à lire.

– Peut-être qu'il voudrait un autre livre, a dit Mme Chausson.

– C'est que, a dit M. Chausson, mes livres ne l'intéresseraient pas. Ce sont de vieux bouquins reliés... Peut-être qu'une revue... Où mets-tu les vieilles revues, Amélie ?

– Ne vous dérangez pas, a dit maman.

– D'ailleurs, a dit papa, il se fait tard, et nous allons partir.

M. et Mme Chausson se sont levés, ils ont dit qu'il était encore très tôt, ils ont demandé pourquoi on partait déjà, et Mme Chausson est allé chercher le manteau de maman.

J'étais drôlement content qu'on parte, surtout si on allait au cinéma, comme m'avait promis papa ; alors pendant que papa et maman disaient encore au revoir à M. et Mme Chausson, moi, je suis entré dans l'auto de papa, et je me suis mis à sauter sur les coussins.

– Nicolas ! m'a dit papa. Reste un peu tranquille !

Alors, Mme Chausson a fait un gros sourire, et elle a dit :

– Mais laissez-le, voyons ! Il est si gentil !

– Bien sûr, a dit M. Chausson. Un enfant, à son âge, doit jouer et se dépenser. On comprend ça !

Un vrai cirque !

EH, LES GARS ! NOUS A DIT CLOTAIRE, à l'école, comme j'ai pas fait dernier en composition d'histoire, et qu'il n'y avait rien à la télé hier soir, mon père m'a emmené au cirque. Et j'ai eu une idée terrible ! Si on faisait un cirque ?

– Comment un cirque ? a demandé Geoffroy.

– Ben oui, quoi, lui a répondu Clotaire. Un vrai cirque ; c'est pas difficile, on fera les acrobates et les clowns, et tout. On rigolera bien et on gagnera des tas d'argent. Venez tous au terrain vague, demain, et je vous en parlerai ; c'est jeudi, et mon père me laissera sortir, puisque j'ai pas fait dernier en composition d'histoire !

– On le saura, a dit Rufus, qui avait fait dernier en composition d'histoire.

Moi, j'ai trouvé que l'idée était formidable, et que c'était vrai qu'avec les copains on pouvait faire un vrai cirque.

Quand je suis arrivé dans le terrain vague, les copains étaient déjà tous là, et Clotaire leur expliquait qu'on ferait un cirque terrible, qu'on vendrait des entrées, et puis qu'après on n'aurait plus besoin d'aller à l'école, et qu'on voyagerait partout, très loin, dans les autres quartiers, comme font d'autres cirques.

– Mais nos parents ne nous laisseraient pas partir seuls en voyage, j'ai dit à Clotaire.

– Ben, on leur demanderait de nous accompagner, a dit Clotaire. Nos mères feraient la cuisine, et sur les voitures de nos pères, on peindrait : « Grand Cirque Clotaire », en grosses lettres rouges !

– Grand Cirque comment ? a demandé Geoffroy.

– Grand Cirque Clotaire, a dit Clotaire. Puisque c'est moi qui ai eu l'idée.

– Ton père peut peindre ça sur sa voiture s'il veut, a dit Geoffroy, mais le mien ne marchera jamais pour peindre le nom d'un imbécile sur sa voiture à lui, non mais sans blague !

– Geoffroy a raison, a dit Eudes. Et puis d'abord, l'idée est peut-être à cet imbécile de Clotaire, mais le cirque est à nous tous !

Moi j'ai dit qu'on n'allait pas commencer à se disputer comme d'habitude, et que le cirque, on n'avait qu'à l'appeler : « Grand Cirque des Copains », et puis voilà. Tout le monde a crié « Hip hip hourrah ! » sauf cet imbécile de Clotaire, qui voulait qu'on l'appelle : « Grand Cirque des Copains de Clotaire », mais quand on lui a dit qu'il n'avait qu'à faire son cirque, que nous, nous ferions le nôtre, il a dit que bon,

qu'il était d'accord avec nous. Il est très chouette, Clotaire.

– Et où est-ce qu'on le ferait, le cirque ? a demandé Geoffroy.

– Ben, a dit Clotaire, ici, dans le terrain vague. On demanderait à nos mères de nous coudre une grosse tente ronde, et avec les caisses, là, on ferait les places pour le public.

– Et tu crois qu'on aurait le droit de faire un cirque ici? a demandé Rufus.

– Et alors ! a dit Clotaire. Il est à nous, le terrain vague, non ?

Clotaire avait raison, et notre cirque avançait bien. Nous étions tous très contents.

– Et qu'est-ce qu'on va faire, dans notre cirque? a demandé Maixent.

– On vendra des cacahouètes, a dit Alceste. Ce que j'aime le mieux, dans le cirque, c'est les cacahouètes qu'on vend à l'entrée.

– Ben, a dit Clotaire, on fera tout ce qu'on fait dans les vrais cirques : on fera les clowns, les prestidigitateurs, les acrobates, les dompteurs…

– Les dompteurs, a dit Joachim. Et ils vont dompter quoi, tes dompteurs, s'il vous plaît ?

– Ma tante, a dit Rufus, a un chien qui s'appelle Totoche, et qui est drôlement intelligent. On pourrait le dresser à faire des tours. Il sait déjà faire le mort.

– Un dompteur, ça dompte pas les chiens, a dit Joachim, mais des tigres, et des lions, et des ours.

– On pourrait déguiser Totoche, a dit Rufus.

– Me fais pas rigoler, a dit Joachim. C'est pas avec un chien minable qui fait le mort qu'on fera croire aux gens que c'est un lion !

– Qui est minable ? a demandé Rufus.

Pendant que Joachim et Rufus se battaient, Geoffroy a dit que lui, il ferait l'acrobate.

– Qu'est-ce que tu fais comme acrobaties ? a demandé Clotaire.

Et Geoffroy lui a dit qu'il était très bon pour les galipettes, et il s'est mis à faire des galipettes pour nous montrer, et puis il s'est relevé, et il nous a dit que ses galipettes auraient l'air encore plus chouettes quand son père lui aurait acheté un maillot brillant, avec GEOFFROY écrit sur le devant, en grosses lettres rouges.

– Moi, a dit Clotaire, je ferai des acrobaties avec mon vélo. Je sais rouler sans les mains, et puis je vais apprendre à me mettre debout sur le guidon.

– Tu as essayé ? lui a demandé Maixent.

– Oui, mais je ne sais pas encore, a dit Clotaire.

– Moi, j'ai dit, je ferai le clown. C'est ce qu'il y a de plus chouette, dans le cirque, les clowns. Et je sais faire des grimaces terribles : regardez !

Les copains ont regardé mes grimaces, et Eudes a dit que ce

n'était pas très rigolo, mais qu'en me peignant la figure, comme les clowns, ça pourrait peut-être aller.

– Je te prêterai mes crayons de couleur, m'a dit Maixent.

– Et puis je mettrai un costume et des chaussures de mon père, j'ai dit. J'aurai l'air d'un vrai clown !

– Moi, je vendrai des cacahouètes à l'entrée, a dit Alceste.

– Je ferai le prestidigitateur, a dit Maixent. J'ai une boîte de magie terrible.

– On la connaît, ta boîte, a dit Geoffroy. J'ai la même. Alors, pour tes tours, tu peux rester chez toi, avec ta boîte !

GRAND CIRQUE DES COPAINS
DE CLOTAIRE

– Toi, l'acrobate, retourne faire tes galipettes, a dit Maixent. On t'a pas sonné.

– Ouais, a crié Geoffroy, tu dis ça parce que tu sais pas en faire, des galipettes ! Ça s'achète pas dans une boîte, ça !

– Moi je sais pas faire les galipettes ? a crié Maixent. Tu vas voir !

– Ce qu'il faudrait, a dit Clotaire, pendant que Maixent faisait ses galipettes, c'est de la musique ; il n'y a pas de cirque sans musique.

– J'ai un phonographe, j'ai dit. Je pourrais l'apporter, avec mon disque. C'est une histoire de gros éléphant, et il y a une chanson très chouette, dedans.

– Un éléphant, c'est bien pour le cirque, a dit Clotaire.

– Ouais, a dit Rufus. Joachim n'aura qu'à prendre l'éléphant du disque de Nicolas pour faire le dompteur. Comme ça, il n'embêtera pas Totoche, qui est drôlement plus intelligent que lui !

Et Joachim et Rufus ont recommencé à se battre. Joachim et Rufus s'en veulent depuis que Rufus a copié sur Joachim, en composition d'histoire.

– Tout ça, c'est très joli, a dit Eudes, mais comment on va faire pour que les gens viennent voir notre cirque ? Parce que si personne ne vient, ce n'est pas la peine de faire les guignols.

– On va faire des grandes affiches, a dit Clotaire, qu'on va coller partout. Des affiches avec des tas de dessins de tigres, de lions, et d'ours, et avec « Grand Cirque des Copains » écrit au-dessus.

– Et avec tous nos noms ! j'ai dit.

– En grosses lettres rouges ! a dit Geoffroy.

Maixent a dit qu'il dessinerait les affiches, puisque c'est lui qui avait les crayons de couleur, et puis nous tous, on collerait les affiches partout dans le quartier.

– Il va être formidable, notre cirque ! a dit Clotaire.

– Minute, a dit Alceste. Il est peut-être formidable, notre cirque, mais on n'a pas de cacahouètes pour vendre à l'entrée. Et sans cacahouètes, pas de cirque !

– Alceste a raison, a dit Geoffroy. Vous savez ce qu'on va faire ? On va se cotiser tout de suite pour acheter des cacahouètes, comme ça, on pourra commencer à faire le cirque jeudi prochain !

Ça, c'était une drôlement bonne idée ; on a tous crié « Hip hip hourrah ! », et on a réuni tous nos sous. Ça faisait un chouette gros tas, et nous sommes allés acheter les cacahouètes chez le marchand qui est au coin de la rue, devant le café.

Il va être terrible, notre cirque ! Le seul ennui, c'est qu'on pourra pas le commencer aussi vite qu'on le voulait.

Parce que les cacahouètes, on les a toutes mangées.

Le ballon

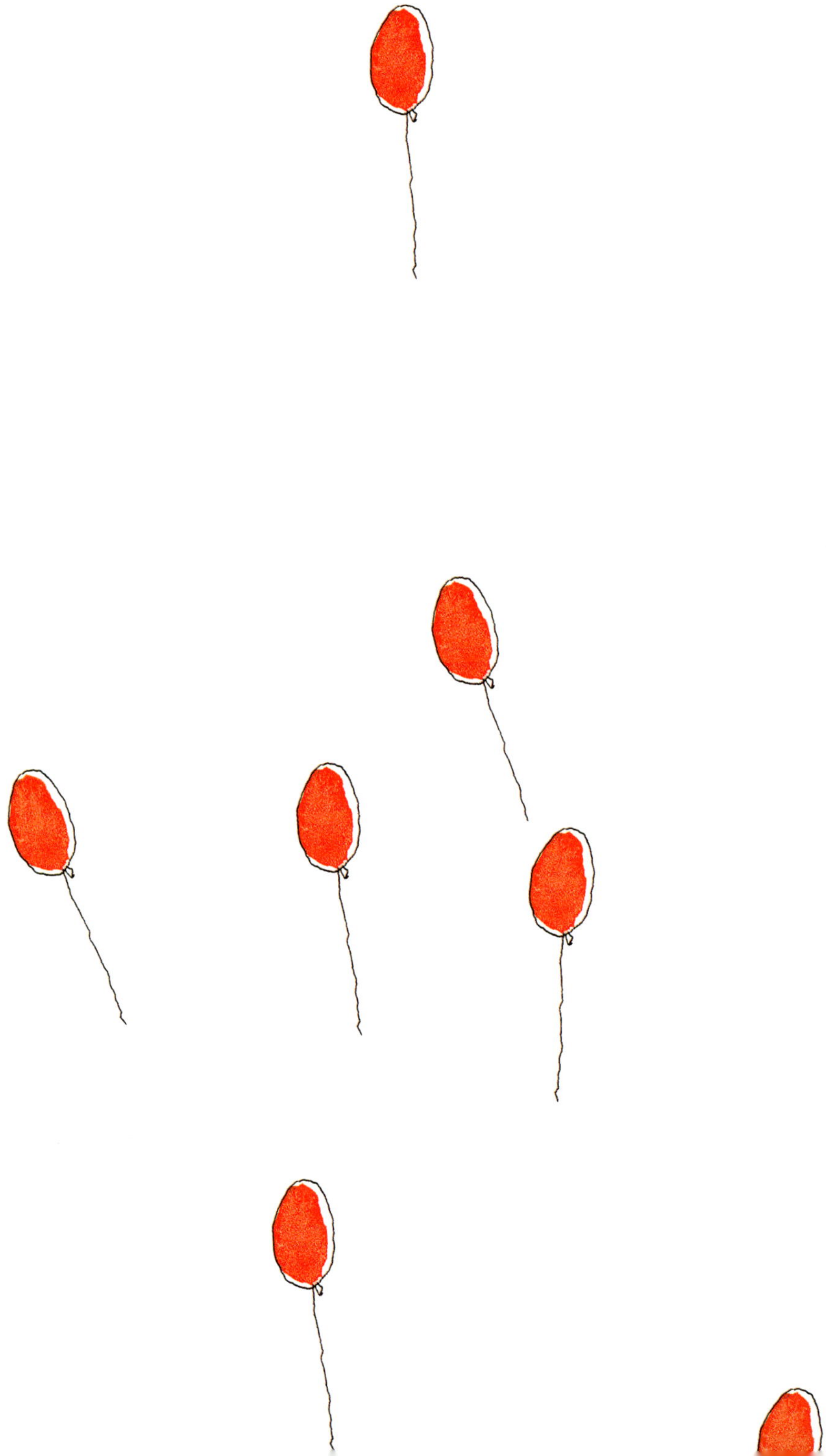

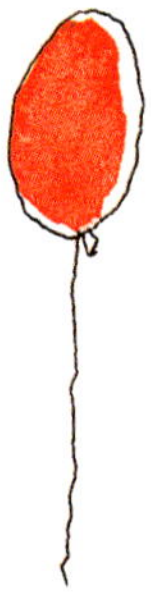

JEUDI APRÈS-MIDI, je suis allé avec maman faire des courses dans un grand magasin, avec des escaliers mécaniques et des tas et des tas de monde, et moi je n'aime pas beaucoup aller faire des courses ; surtout quand c'est pour m'acheter des choses dont je n'ai pas besoin, comme des chemises ou des pyjamas ; sauf pour l'escalier mécanique, qui est très rigolo, et c'est dommage que maman ne me laisse pas descendre par celui qui monte, parce que ça c'est vraiment amusant. Je l'ai fait une fois, ça fait très longtemps, et je n'ai pas eu de dessert ce soir-là. C'était de la tarte aux pommes.

Quand maman est allée payer, le vendeur, qui était très gentil et très bien peigné, a dit :

– Et nous avons une petite surprise pour le petit garçon. Un joli petit ballon en baudruche !

Et au-dessus du comptoir, il y avait des tas de ballons qui se balançaient, des rouges et des marrons, avec le nom du magasin écrit dessus, comme ceux que vend un monsieur dans le square du quartier, sauf que ceux du square n'ont pas le nom du magasin écrit dessus.

– Écoutez, a dit maman, je ne crois pas que…

– Oh oui ! Oh oui ! j'ai crié.

– Mais bien sûr, a dit le vendeur. Il a droit à son petit ballon, le petit jeune homme ! Tu en veux un rouge ou un marron ?

– Un rouge ! j'ai crié.

– Vous avez vu ? a dit le vendeur à une dame qui était derrière le comptoir. Ce sont toujours les rouges qui partent les premiers. Il faudrait que j'en parle à la direction.

Et puis le vendeur a pris un chouette ballon rouge par la ficelle, et il m'a dit :

– Donne-moi ton petit doigt. Il ne faut pas qu'il s'envole, le joli petit ballon !

Et le vendeur m'a attaché le bout de la ficelle au doigt, et le ballon il se balançait juste au-dessus de ma tête.

– Et fais bien attention de ne pas le faire éclater, hein ? m'a dit le vendeur en rigolant.

– On va essayer, a dit maman, sans rigoler.

Et nous sommes sortis du magasin. Moi, j'ai baissé mon doigt pour mettre le ballon devant ma figure, et à travers, c'était chouette

comme tout, on voyait tout rouge, et je me suis cogné contre un monsieur.

– Mais fais attention, Nicolas ! m'a dit maman. Tu vas faire éclater ton ballon, et tu vas me faire un drame, après.

– Ah ben non, alors ! j'ai dit. Il faut pas qu'il éclate, parce que demain je vais l'emmener à l'école, le ballon, et avec les copains, on va bien rigoler !

– Oui, m'a dit maman. En attendant, essayons de l'emmener jusqu'à la maison, ton ballon... Tiens ! Tu sais ce qu'on pourrait faire ? On pourrait le dégonfler, le ballon, comme ça, il ne pourrait rien lui arriver, et à la maison, tu n'aurais plus qu'à le regonfler.

Moi j'ai expliqué à maman que c'était pas possible, parce que quand on le gonfle soi-même, le ballon, il ne vole plus, et un ballon qui ne vole pas, c'est beaucoup moins bien. Maman a fait un gros soupir et puis elle a dit que bon, bon, mais que je fasse pas un scandale s'il arrivait quelque chose à mon ballon. C'est drôle, elle est très nerveuse, maman, quand elle vient avec moi dans les magasins.

Nous sommes allés prendre l'autobus qui nous emmène à la maison, et il y avait une queue qui attendait, et dans la queue, il y avait un type de mon âge, qui avait un ballon du magasin, et il avait la figure sur son ballon, et il mordait dedans, et ça n'a pas raté, bing ! le ballon a éclaté, et le type s'est mis à pleurer et à crier, et une dame qui était avec le type lui a dit des tas de choses tout bas, et le type s'est mis à donner des coups de pied dans le trottoir, alors la dame a donné une claque au type qui a pleuré encore plus fort, et il y avait des gens qui rigolaient et d'autres qui n'étaient pas contents que la dame ait donné une baffe au type, alors la dame est partie avec le type, et maman m'a regardé moi, et puis le ballon,

elle a ouvert la bouche, et elle n'a rien dit. Quand l'autobus est arrivé, tout le monde a couru vers la porte pour monter, mais maman m'a retenu par le bras, et elle m'a dit :

– Tiens, Nicolas, je te propose quelque chose : dans l'autobus, nous allons être bousculés. Si nous rentrions à pied ? Ce n'est pas si loin.

Moi j'ai dit que d'accord, et nous sommes partis, maman et moi, et j'aime bien marcher, surtout avec un ballon, même si c'est encore assez loin jusqu'à la maison.

Quand nous sommes arrivés, il était tard et nous étions fatigués, et j'ai couru vers papa, qui était dans le jardin, et qui s'est levé de la chaise longue.

– Papa ! Papa ! j'ai crié. Regarde ce qu'on m'a donné !

– Mais enfin, a dit papa, je commençais à être inquiet, moi ! Il est tard, je me demandais ce que vous étiez devenus !

– Je t'expliquerai, a dit maman. Je suis allée faire des courses avec le petit, et nous sommes revenus à pied. Je suis éreintée !

Et maman s'est laissée tomber sur la chaise longue, en faisant « ouf ! »

– Eh papa ! Dis papa ! j'ai crié. T'as vu mon chouette ballon ?

– Hmm ! Très joli, a dit papa. Bravo !

Et puis, il a regardé vers la haie du jardin, il a regardé mon ballon, il a fait un gros sourire, il s'est baissé vers moi, et il m'a dit tout bas :

– Blédurt est en train de tailler sa haie, on va lui faire une blague, tu veux ?

Bien sûr que je voulais, parce que j'aime bien faire des blagues avec papa, surtout quand on les fait à M. Blédurt. M. Blédurt est notre voisin, et papa et lui se font tout le temps des blagues. Ils sont très copains, sauf quand ils ne se parlent plus.

Alors papa a pris mon ballon, et nous nous sommes approchés de la haie derrière laquelle se trouvait M. Blédurt, en train de travailler

avec des gros ciseaux. Papa m'a regardé en mettant son doigt devant sa bouche, et puis il a pris son canif, et pan ! il a fait éclater le ballon. De l'autre côté de la haie on a entendu un gros cri, et le bruit des ciseaux qui tombaient par terre.

Ce qu'on a pu rigoler, papa et moi, quand on a vu la tête toute rouge de M. Blédurt par-dessus la haie ! Terrible !

Et puis je me suis retourné, et j'ai vu que maman s'était levée de la chaise longue, et qu'elle nous regardait avec des yeux tout ronds.

Maman a été fâchée contre nous toute la soirée. On n'aurait pas fait cette blague si on avait su qu'elle y tenait tant que ça, au ballon, maman !

École de loyauté

ÇA Y EST, LES GARS, nous a dit Geoffroy, tout fier, pendant la récré. L'année prochaine, je vais prendre des leçons de judo !

– C'est comment, le judo ? a demandé Joachim.

– J'en ai vu à la télé, a expliqué Clotaire. C'est des types habillés avec des espèces de pyjamas, et ils se mettent sur des tapis, et ils s'attrapent par les pyjamas, et ils essaient de se faire tomber. Celui qui fait tomber l'autre a gagné.

– Ouais, a dit Geoffroy. Mon père a été invité hier à visiter une école de judo, et il m'a emmené avec lui ; le professeur a dit que

j'étais encore un peu trop jeune, mais que l'année prochaine, quand je serai grand, il pouvait me prendre, et mon père a été d'accord. Et puis nous sommes restés voir une leçon, et c'est formidable !

– Et ça sert à quoi, le judo ? a demandé Maixent.

– Ben, a dit Geoffroy, quand tu connais le judo, tu es invincible, même contre des ennemis plus forts que toi. Si un ennemi t'attaque, tu lui fais une prise, et bing ! il est vaincu. Et puis, s'il y a plusieurs ennemis, bing, bing, bing ! tu leur fais des prises, et ils sont vaincus. Le professeur nous a fait des démonstrations, et c'était terrible : il gagnait toujours !

– C'est quoi des prises ? a demandé Rufus.

– C'est quand on te tire par le pyjama pour te faire tomber, a expliqué Clotaire, qui sait des tas de choses depuis qu'il a la télé.

– Et des prises, nous a dit Geoffroy, j'en connais des tas, maintenant, puisque j'ai vu la leçon.

On a tous demandé à Geoffroy de nous montrer une prise, alors Geoffroy s'est mis en face d'Alceste qui venait de finir son croissant, il l'a pris par la manche et le devant du pull-over, et s'est mis à tirer et à pousser. Alceste, qui est très lourd, n'a pas bougé, et puis il a dit à Geoffroy de lâcher son pull-over, parce qu'il allait le lui déformer, et après il y aurait des histoires à la maison. Geoffroy a lâché Alceste, il s'est essuyé les mains sur le pantalon, parce que quand on touche à Alceste, on a toujours les mains glissantes, et il nous a dit :

– Et voilà !

– Quoi, voilà ? a demandé Clotaire. C'est ça, ta prise ? Tu ne l'as pas fait tomber. À la télé, ils tombaient.

– C'est que je le faisais pour de rire, a dit Geoffroy.

– Ben alors, recommence pour de vrai, a dit Rufus.

– T'es pas un peu fou, a demandé Alceste. Si ce guignol me touche encore le pull-over, je lui donne une baffe ! Non mais sans blague !

Et Alceste est parti manger son deuxième croissant.

Geoffroy nous a expliqué que le professeur avait dit que le judo était surtout une école de loyauté, et que c'était pour ça que les adversaires se saluaient avant de combattre, pour bien montrer qu'ils étaient vraiment loyaux.

– Ils se saluent comment ? a demandé Joachim.

Alors Geoffroy nous a montré ; il s'est mis à genoux, il s'est assis sur ses talons, et puis il a mis ses mains par terre, en se penchant comme pour faire une galipette, il est resté comme ça un petit moment, et quand il s'est relevé, le Bouillon – c'est notre surveillant – était devant lui en train de le regarder. Le Bouillon a ouvert la bouche, il l'a refermée, il a poussé un gros soupir, il a levé les yeux en l'air, et puis il est parti en remuant la tête.

– Quand j'aurai pris encore quelques leçons, nous a dit Geoffroy, je vous protégerai, tous ceux de la bande. Quand vous serez attaqués, vous n'aurez qu'à m'appeler, et moi, je vous sauverai. Bing !

– Toi, tu vas nous sauver ? Ne me fais pas rigoler, a dit Eudes. J'ai besoin de personne pour me sauver, et surtout pas d'un minable !

Ça, ça ne lui a pas plu à Geoffroy. Il a dit qu'Eudes parlait comme ça parce qu'il était jaloux, et qu'il serait bien content qu'on vienne le sauver, la prochaine fois qu'il serait attaqué.

– J'ai pas besoin de faire des prises, moi ! a dit Eudes. Si on m'attaque, je me défends à coups de poing sur le nez, et au revoir monsieur, il n'y a plus personne !

– Ah, bravo ! a dit Geoffroy, et si ton ennemi a un revolver, qu'est-ce que tu fais, avec tes coups de poing ?

– Et toi, qu'est-ce que tu fais avec ton judo ? a dit Eudes. Si Alceste avait eu un revolver, ce n'est pas en lui faisant le coup du pull-over que tu l'aurais battu !

– Ça c'est vrai, a dit Alceste, qui avait fini son croissant. Si j'avais eu un revolver, Geoffroy, il ne me l'aurait même pas touché, mon pull-over.

– Mon père, qui est de la police, il a un revolver, a dit Rufus, et ça le ferait bien rigoler qu'un imbécile essaie de le lui prendre en lui faisant des prises de judo !

– Ouais ! j'ai dit.

– Psss, a dit Geoffroy, vous n'y connaissez rien. Vous me faites pitié.

– Ah oui ? a crié Eudes. Eh ben, puisque c'est comme ça, je te prends. J'ai pas fait de judo, moi, mais je te prends. On va voir qui va avoir pitié de qui !

– Ah, laisse tomber, a dit Geoffroy. D'abord, j'en ai assez ; vous commencez à m'embêter avec vos histoires.

– Tu as peur, oui ! a crié Eudes. Eh, les gars ! Il a peur !

– Il a peur ! Il a peur ! on a tous crié.

– Peur moi ? a dit Geoffroy, ne me faites pas rigoler. Mais d'abord, on n'est pas habillés pour faire du judo. Et puis ça ne serait pas un combat loyal, et puis...

– Et pourquoi, ça ne serait pas un combat loyal ? a crié Eudes. Viens te battre, si t'es pas un lâche ! Et puis tiens, pour te montrer que je suis aussi loyal que n'importe qui, je vais saluer.

Et Eudes s'est mis à genoux, il s'est penché en avant, avec les mains par terre, comme avait fait Geoffroy, alors Geoffroy a sauté sur lui, il a commencé à lui donner des baffes, Eudes n'arrivait pas à se relever, le Bouillon est venu en courant, et il a crié :

– Petits sauvages ! Je savais bien que vos clowneries allaient se terminer comme ça ! Au piquet, tous les deux ! Et pour demain, vous me conjuguerez le verbe : « Je ne dois pas profiter de la récré pour me conduire comme une brute » !

Et quand nous nous sommes mis en rang pour monter en classe, Eudes a dit que la prise de Geoffroy était vraiment terrible, et Geoffroy nous a promis de nous donner des leçons de judo, pour qu'on soit tous aussi invincibles que lui.

Le théâtre

TONTON EUGÈNE EST VENU DÉJEUNER à la maison, aujourd'hui. Tonton Eugène, c'est le frère de Papa. Il a un gros nez, il est très rigolo, et moi j'aime bien quand il vient ; c'est dommage qu'on ne le voit pas souvent, parce qu'il voyage tout le temps pour vendre des choses, très loin, à Clermont-Ferrand et à Lyon. Tonton Eugène est arrivé à midi, tout de suite après que je sois rentré de l'école, et il nous a apporté des tas de cadeaux : six paires de bas et deux blouses pour maman, six paires de chaussettes et trois cravates pour Papa, et deux pull-overs pour moi.

– Combien de temps restez-vous, Eugène ? a demandé maman.

– Si je m'écoutais, chère belle-sœur, a répondu tonton Eugène, je ne vous quitterais plus.

Maman a rigolé, elle a dit que tonton Eugène ne changerait jamais, et elle lui a demandé d'être un peu sérieux, pour une fois.

– Eh bien, a dit tonton Eugène, je repars demain matin.

– Alors, a dit maman, vous revenez dîner ce soir.

– Ah non, a dit tonton Eugène. J'ai l'impression d'abuser, de vous infliger un pensionnaire.

– Oh oui ! Oh oui ! j'ai crié. Reviens ce soir ! Oh oui !

Maman et papa ont insisté aussi, alors tonton Eugène a dit :

– Bon, d'accord. Mais après le dîner, je vous emmène tous au théâtre. Et, bien sûr, Nicolas vient avec nous ; il y a une opérette qui lui plaira certainement.

Moi, je me suis levé de ma chaise, et j'ai couru autour de la table, et puis j'ai embrassé tonton Eugène, et j'allais faire une galipette sur le tapis quand maman a dit :

– Mais Eugène, vous n'y pensez pas ! Après dîner, Nicolas va au lit. Il y a école demain. Non, non, non.

– Oh dis, maman ! Maman, dis ! Dis, maman ! j'ai crié.

– Bah, pour une fois, a dit tonton Eugène. Et je suis sûr que Nicolas aimera beaucoup le théâtre.

– Oh oui ! j'ai crié. J'aime beaucoup le théâtre ! C'est ce que je préfère le plus au monde !

Tous ont rigolé, et maman a dit que bon, on verra, à condition que tu sois sage, et moi, j'ai vu que c'était gagné, alors j'ai encore couru un coup autour de la table, et j'ai embrassé tout le monde.

En allant à l'école, j'étais content comme tout, et ça me faisait chaud à l'intérieur de penser que j'allais sortir le soir. J'aime beaucoup sortir le soir, mais je ne sors pas souvent, parce que papa et maman ne me laissent pas, sauf une fois où papa m'a emmené au cinéma, et une autre fois, pour le réveillon, quand nous sommes allés chez M. et Mme Blédurt, qui sont nos voisins. Et puis j'étais content, aussi, de raconter ça aux copains. Le seul qui soit allé une fois au théâtre, c'est Geoffroy, ça fait très très longtemps, l'année dernière, et toute la journée, il nous avait embêtés à nous dire que lui il allait au théâtre, et pas nous. Il faisait ça pour essayer de nous rendre jaloux, mais nous, bien sûr, on n'a pas marché, et quand je suis revenu à la maison, ce jour-là, ça a fait des histoires, parce que j'ai demandé à papa pourquoi tout le monde pouvait sortir le soir et aller au théâtre, et pas moi, et c'était pas juste, et papa s'est fâché, il a dit que je lui cassais les oreilles, et j'ai été privé de dessert.

– Eh, les gars ! j'ai crié en entrant dans la cour de l'école. Moi, je vais au théâtre, ce soir !

– C'est pas vrai ! a dit Geoffroy.

– Oui monsieur, c'est vrai ! j'ai crié. C'est mon oncle, l'explorateur, celui qui voyage tout le temps, qui m'a invité ! On va voir une opérette !

– C'est quoi une opérette ? a demandé Rufus.

– Ben, c'est du théâtre, j'ai dit. Du chouette théâtre.

– Moi je sais, a dit Clotaire, il y en a à la télé. C'est des trucs où tout le monde chante, et papa il éteint le poste, parce qu'il n'aime pas ça.

– Ah ! C'est bien ce que je pensais, a dit Geoffroy. C'est pas du vrai théâtre.

– Si monsieur ! j'ai crié, c'est du vrai théâtre !

– Ne me fais pas rigoler, a dit Geoffroy. Tu ne vas pas m'apprendre à moi ce qu'est le théâtre, tout de même ! J'y suis allé, moi, et personne n'y chantait. Alors !

– Et le père de Clotaire n'aime pas ça, a dit Maixent. Clotaire vient de le dire.

– Le père de Clotaire, il n'y connaît rien ! j'ai crié, et vous, vous êtes tous jaloux !

– Touche pas à ma famille, a dit Clotaire.

– Jaloux, moi, a dit Geoffroy. Ne me fais pas rigoler. D'abord, moi, c'est bien simple, je vais au théâtre quand je veux.

– Ouais, a dit Maixent, moi aussi. Je demande à mon père d'y aller, et bing, j'y vais !

– Moi, je vais demander au mien, a dit Joachim. Si tout le monde peut aller au théâtre, pourquoi j'irais pas, moi ?

– Ouais, a dit Rufus.

– Retire ce que tu as dit de mon père ! a crié Clotaire.

Moi je leur ai dit qu'ils étaient des minables qui ne sortaient jamais le soir, et qu'au théâtre je rigolerai bien en pensant à eux. On n'a pas pu se battre parce que la cloche a sonné, mais on a décidé de ne plus se parler de toute notre vie.

Pendant toute la classe, j'étais content en pensant à ce soir, et heureusement que la maîtresse ne m'a pas interrogé, parce que je n'écoutais pas, et la maîtresse se fâche quand on fait ça.

– Nicolas, m'a dit maman quand je suis rentré à la maison, monte vite faire tes devoirs. Tu ne sortiras pas ce soir si tu n'as pas fini tes devoirs et tes leçons.

Je suis allé travailler, et j'ai eu du mal parce que j'étais très énervé, et quand j'ai fini, je suis descendu dans le salon, et papa y était déjà, en train de lire son journal.

– Tiens ? a dit papa en regardant sa montre. Eugène n'est pas encore là… J'espère qu'il ne sera pas en retard.

– Oh non ! j'ai crié. Oh non ! Il n'a pas le droit !

– Un peu de calme, Nicolas, a dit maman. Cet enfant est dans tous ses états. Je parie que toute la journée, il n'a pensé qu'à ça !

– Dis, il va venir tonton Eugène, hein ? j'ai demandé. Il va venir ?

J'étais tellement énervé que j'avais envie de pleurer ; et puis, on a sonné à la porte, tonton Eugène est arrivé, et moi j'ai sauté sur lui pour l'embrasser. Il est chouette, tonton Eugène !

Pendant le dîner, je n'avais pas faim, et j'avais peur qu'on soit en retard, et j'avais l'impression que tout le monde mangeait très lentement, surtout tonton Eugène, qui parlait tout le temps et qui a repris du café.

– Cesse de trépigner, Nicolas, m'a dit papa, et va te préparer. Nous allons sortir tout de suite, et nous ne t'attendrons pas !

– Regardez-moi cet enfant, a dit maman. Il est mort de fatigue.

Moi j'ai dit que j'étais pas fatigué du tout, je suis monté pour me peigner, et je suis redescendu en courant, parce que j'avais peur qu'on sorte sans moi.

Le théâtre, c'était formidable : une grande salle, comme au cinéma, avec des tas de lumières, des tas de gens, un grand rideau rouge, et des chouettes fauteuils, rouges aussi. Il faisait chaud, j'étais content, maman était assise à côté de moi, j'ai appuyé ma tête contre son bras, et quand je me suis réveillé, ce matin, je ne me rappelais pas comment j'étais arrivé dans mon lit.

C'est drôlement chouette, le théâtre, et j'espère y aller le plus souvent possible !

Goscinny et Sempé

Biographies
et
Bibliographies

Goscinny & Sempé
Histoires inédites du Petit Nicolas
IMAV éditions

Goscinny & Sempé
Volume 2
Histoires inédites du Petit Nicolas

Goscinny Sempé
Le Petit Nicolas
Le ballon
et autres histoires inédites
IMAV éditions

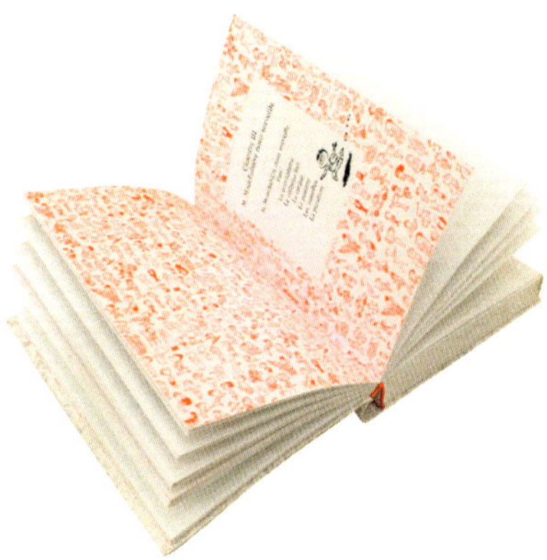

La bibliothèque du Petit Nicolas

Aux éditions Denoël

Le Petit Nicolas, 1960

•

Les Récrés du Petit Nicolas, 1961

•

Les Vacances du Petit Nicolas, 1962

•

Le Petit Nicolas et les copains, 1963

Prix Alphonse Allais
qui récompense le livre le plus drôle de l'année.

•

Le Petit Nicolas a des ennuis, 1964

Aux éditions IMAV

Histoires inédites du Petit Nicolas, 2004

Globe de Cristal 2006
Prix de la Presse pour les arts et la culture.

•

Histoires inédites du Petit Nicolas. Volume 2, 2006

René Goscinny

Biographie

« Je suis né le 14 août 1926 à Paris et me suis mis à grandir aussitôt après. Le lendemain, c'était le 15 août et nous ne sommes pas sortis. » Sa famille émigre en Argentine où il suit toute sa scolarité au collège français de Buenos Aires : « J'étais en classe un véritable guignol. Comme j'étais aussi plutôt bon élève, on ne me renvoyait pas. » C'est à New York qu'il débute sa carrière.

Rentré en France au début des années 1950, il donne naissance à toute une série de héros légendaires ; Goscinny imagine les aventures du Petit Nicolas avec Jean-Jacques Sempé, inventant un langage de gosse qui va faire le succès du célèbre écolier. Puis, Goscinny crée Astérix avec Albert Uderzo. Le triomphe du petit Gaulois sera phénoménal. Traduites en cent trente langues et dialectes, les aventures d'Astérix font partie des œuvres les plus lues dans le monde. Auteur prolifique, Goscinny réalise en même temps Lucky Luke avec Morris, Iznogoud avec Tabary, les Dingodossiers avec Gotlib...

À la tête du journal *Pilote*, il révolutionne la bande dessinée, l'érigeant au rang de « 9ᵉ art ».

Cinéaste, Goscinny fonde les Studios Idéfix avec Uderzo et Dargaud. Il réalise quelques chefs-d'œuvre du dessin animé : *Astérix et Cléopâtre*, *Les Douze Travaux d'Astérix*, *Daisy Town* et *La Ballade des Dalton*. Il recevra à titre posthume un César pour l'ensemble de son œuvre cinématographique.

Le 5 novembre 1977, René Goscinny meurt à l'âge de 51 ans. Hergé déclare : « Tintin s'incline devant Astérix. » Ses héros lui ont survécu, et nombre de ses formules sont passées dans notre langage quotidien : « tirer plus vite que son ombre », « devenir calife à la place du calife », « être tombé dedans quand on était petit », « trouver la potion magique », « ils sont fous ces Romains »...

Scénariste de génie, c'est au travers des aventures du Petit Nicolas, enfant malicieux aux frasques redoutables et à la naïveté touchante, que Goscinny donne toute la mesure de son talent d'écrivain. Ce qui lui fera dire : « J'ai une tendresse toute particulière pour ce personnage. »

René Goscinny

Bibliographie

•

Aux Éditions Hachette

Astérix, 25 volumes, Goscinny & Uderzo (Dargaud 1961), 1999.

Aux Éditions Albert René

Astérix, 8 albums, Uderzo
sous la double signature Goscinny & Uderzo, 1980.
Comment Obélix est tombé dans la marmite du druide quand il était petit, Goscinny & Uderzo, 1989.
Astérix et la rentrée gauloise, Goscinny & Uderzo, 2004.
Astérix et la surprise de César, d'après le dessin animé tiré de l'œuvre de Goscinny & Uderzo, 1985.
Le Coup du menhir (idem), 1989.
Astérix et les Indiens (idem), 1995.
Astérix et les Vikings (idem), 2006.
Oumpah-Pah, 3 volumes, Goscinny & Uderzo (Le Lombard 1961), 1995.
Jehan Pistolet, 4 volumes, Goscinny & Uderzo (Lefrancq 1989), 1998.

Aux Éditions Lefrancq

Luc Junior, 2 volumes, Goscinny & Uderzo, 1989.
Benjamin et Benjamine, Les Naufragés de l'air, Goscinny & Uderzo, 1991.

Aux Éditions Dupuis
Lucky Luke, 22 volumes, Morris & Goscinny, 1957.
Jerry Spring, La piste du Grand Nord,
Jijé & Goscinny, 1958, 1993.

Aux Éditions Lucky Comics
Lucky Luke, 19 volumes, Morris & Goscinny, 1968, 2000.

Aux Éditions Dargaud
Les Dingodossiers, 3 volumes, Goscinny & Gotlib, 1967.
Iznogoud, 8 volumes, Goscinny & Tabary, 1969, 1998.
Valentin le vagabond, Goscinny & Tabary, 1975.

Aux Éditions Tabary
Iznogoud, 8 volumes, Goscinny & Tabary, 1986,
11 volumes, Tabary sous la double signature Goscinny & Tabary

Aux Éditions du Lombard
Modeste et Pompon, 3 volumes, Franquin & Goscinny, 1958, 1996.
Chick Bill, La bonne mine de Dog Bill, Tibet & Goscinny, 1959, 1981.
Spaghetti, 11 volumes, Goscinny & Attanasio, 1961, 1999.
Strapontin, 6 volumes, Goscinny & Berck, 1962, 1998.
Les Divagations de M. Sait-Tout, Goscinny & Martial, 1974.

Aux Éditions Denoël
La Potachologie, 2 volumes, Goscinny & Cabu, 1963.
Les Interludes, Goscinny, 1966.

Aux Éditions Vents d'Ouest
Les Archives Goscinny, 4 volumes, 1998.

Aux Éditions Actes Sud
Tous les visiteurs à terre (Denoël 1969), 1999.

Aux Éditions IMAV
Du Panthéon à Buenos Aires. Chroniques illustrées.
Goscinny et collectif, 2007.

Jean-Jacques Sempé

Biographie

« QUAND J'ÉTAIS GOSSE, le chahut était ma seule distraction. » Sempé est né le 17 août 1932 à Bordeaux. Études plutôt mauvaises, renvoyé pour indiscipline du collège moderne de Bordeaux, il se lance dans la vie active : homme à tout faire chez un courtier en vin, moniteur de colonies de vacances, garçon de bureau…

À dix-huit ans, il devance l'appel et monte à Paris. Il écume les salles de rédaction et, en 1951, il vend son premier dessin à *Sud-Ouest*. Sa rencontre avec Goscinny coïncide avec les débuts d'une fulgurante carrière de « dessinateur de presse ». Avec le Petit

Nicolas, il campe une inoubliable galerie de portraits d'affreux jojos qui tapissent depuis notre imaginaire. Parallèlement aux aventures du petit écolier, il débute à *Paris Match* en 1956 et collabore à de très nombreuses revues.

Son premier album de dessins paraît en 1962 : *Rien n'est simple*. Une trentaine suivront, chefs-d'œuvre d'humour traduisant à merveille sa vision tendrement ironique de nos travers et des travers du monde.

Créateur de Marcellin Caillou, de Raoul Taburin, ou encore de Monsieur Lambert, son talent d'observateur allié à un formidable sens du dérisoire en font depuis quarante ans l'un des plus grands dessinateurs français.

Outre ses propres albums, il a illustré *Catherine Certitude* de Patrick Modiano ou encore *L'Histoire de Monsieur Sommer* de Patrick Süskind.

Sempé est l'un des rares dessinateurs français à illustrer les couvertures du très prestigieux *New Yorker*, et aujourd'hui, il fait sourire des milliers de lecteurs dans *Paris Match*...

Jean-Jacques Sempé

Bibliographie

•

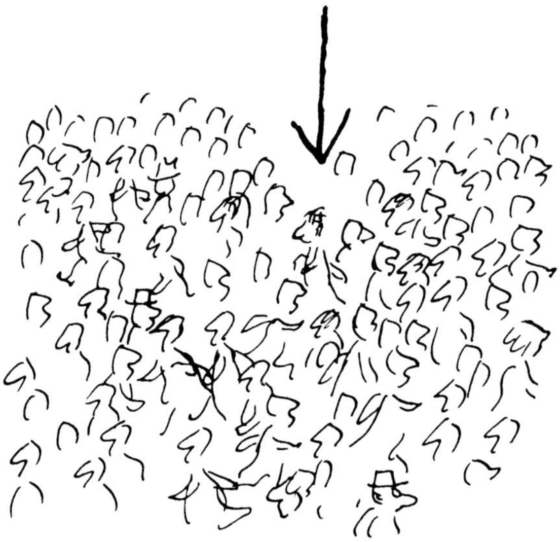

Aux Éditions Denoël

Rien n'est simple, 1962.
Tout se complique, 1963.
Sauve qui peut, 1964.
Monsieur Lambert, 1965.
La Grande Panique, 1966, 1994.
Saint-Tropez, 1968.
Information-consommation, 1968.
Marcellin Caillou, 1969, 1994.
Des hauts et des bas, 1970, 2003.
Face à face, 1972.
Bonjour, bonsoir, 1974.
L'Ascension sociale de Monsieur Lambert, 1975.
Simple question d'équilibre, 1977, 1992.
Un léger décalage, 1977.
Les Musiciens, 1979, 1996.

Comme par hasard, 1981.
De bon matin, 1983.
Vaguement compétitif, 1985.
Luxe, calme et volupté, 1987.
Par avion, 1989.
Vacances, 1990.
Insondables mystères, 1993.
Raoul Taburin, 1995.
Grands rêves, 1997.
Beau temps, 1999.
Multiples intentions, 2003.
Le Monde de Sempé, volume 1, 2001
Le Monde de Sempé, volume 2, 2004
Monsieur Lambert, suivi de L'ascension sociale de Monsieur Lambert, 2006
Sentiments distingués, 2007.

Aux Éditions Gallimard
Catherine Certitude, Sempé & Modiano, 1988.
L'Histoire de Monsieur Sommer, Sempé & Süskind, 1991.
Un peu de Paris, 2001.
Un peu de la France, 2005.

Sempé.

Direction éditoriale : Aymar du Chatenet

Conception et maquette de Martine Gossieaux

Achevé d'imprimer en février 2009
par l'imprimerie STIPA à Montreuil

Dépôt légal : février 2009
N° d'éditeur : 2-915732

Imprimé en France

CENSURÉ
CENSURÉ
CENSURÉ
CENSURÉ
CENSURÉ